Herausgegeben von

Thomas Hoffmann

Hundepfoten - Zitate

Band 1

Mit Bildern der
Fotografin Margrit Kierst

Margrit Kierst arbeitet seit vielen Jahren als freie Fotografin. Für ihre Arbeiten erhielt sie eine der höchsten europäischen Auszeichnungen in der Portrait-Fotografie. Über den Schlittenhundeführer Thomas Hoffmann entdeckte die Fotografin ihre Leidenschaft für das portraitieren von Hunden. Ihre Schwarz/Weiß-Fotografien haben zum Ziel die vornehme Würde des Hundes zu unterstreichen und die Vielfalt seiner Ausdrucksmöglichkeiten einzufangen. Die emotionale Bindung zwischen Hund und Fotografin wird in ihren Bildern deutlich.

Thomas Hoffmann lebt und arbeitet seit 1988 mit Schlittenhunden. Der Musher ist seit dieser Zeit schon mehr als 25.000 Kilometer mit Schlittenhunden gelaufen.
Für sein Buch *„Blaue Augen und die Sehnsucht nach Schnee"* wurde der Autor auf der Leipziger Buchmesse mit dem BoD AutorenAward 2003 ausgezeichnet.
Weitere Informationen finden Sie im Internet unter: www.hoffmann-kennel.de

Hundepfoten - Zitate

Band 1

150
Zitate – Sprüche – Weisheiten
über den Hund

mit Bildern
der Fotografin Margrit Kierst

Hundepfoten - Zitate
Band 1
Herausgeber: Thomas Hoffmann
ISBN 3-8334-1076-0

Copyright © 2004 Thomas Hoffmann, Stubenberg
Umschlaggestaltung: www.elch-werbung.de, Wolfratshausen
Umschlagmotiv: „Herr Meier", Foto: Margrit Kierst
Copyright © Bilder: Margrit Kierst, Kösslarn
Herstellung und Verlag: Books on Demand GmbH, Norderstedt

Schlaues, Besinnliches und Amüsantes von

ADAM SMITH • ÄSOP • ALBERT SCHWEITZER • AMBROSE GWINNETT BIERCE

ANN LANDERS • ANNE LOUISE GERMAIN DE STAEL • ARTHUR SCHOPENHAUER

ARMIN FIETZ • ARNOLD JOSEPH TOYNBEE • AUGUST STRINDBERG

BARBARA WOODHOUSE • CAROLE BAKER • CARL ZUCKMAYER • CHARLES DARWIN

CHARLES ANDERSON DANA • CHRISTIAN FRIEDRICH HEBBEL • CHARLOTTE GRAY

CHRISTOPHER MORLEY • CHRISTOPHER HAMPTON • C. W. MEISTERFELD

DAVE BARRY • DAVID HERBERT LAWRENCE • DR. I. THANEL • JOHANNES RAU

ELISABETH MARSHALL THOMAS • EPHRAIM KISHON • ERICH KÄSTNER

EDWARD HOAGLAND • ERHARD HORST BELLERMANN • ERICH MERZ

ERNST ELITZ • JOHN UPDIKE • FRANZ CHRISTOPH SCHIERMEYER

FRIEDRICH THEODOR VISCHER • FRIEDRICH VON SCHILLER • FRITZ HERDI

FRIEDRICH DER GROSSE • GEORGE MIKES • GEORGE BIRD EVANS • GROUCHO MARX

JOSH BILLINGS • GEORG CHRISTOPH LICHTENBERG • GEORGE CRABBE

ISOLDE KURZ • GILBERT KEITH CHESTERTON • G. TENZLER

HARRY SPENCER TRUMAN • HARALD SCHMIDT • HEINRICH HEINE

HENRY DE MONTHERLANT • HENRY WARD BEECHER • HENRY LOUIS MENCKEN

HENRY BEETLE HOUGH • H. G. BOHN • HUGO VON HOFFMANNSTHAL

JAMES GROVER THURBER • JEFFREY M. MASSON • JEROME K. JEROME

JOEL SAVISHINSKY • ROBERT LEMBKE • JOHANN WOLFGANG VON GOETHE

JOHANN GOTTFRIED VON HERDER • JOAQUIN MILLER • J. R. ACKERLEY

KARL-HEINZ SÖHLER • KARL KRAUS • KARIN SCHUBERT • KAREL CAPEK

KNUD RASMUSSEN • KONRAD LORENZ • LAURENCE J. PETER • LORD BYRON

LOUIS "SATCHMO" ARMSTRONG • MARC AUREL • MARTIN LUTHER • MAXIM GORKI

MARTHA SCOTT • MARIE CORELLI • MARCUS TULLIUS CICERO

MAURICE MAETERLINCK • MAHABHARATA • MENG-TZU • MILIAN KUNDERA

O. A. BATTISTA • OTTO VON BISMARCK • PAUL AUSTER • PABLO NERUDA

P. BROWN • PROFESSOR JOHN SAUNDERS • RAMON GOMEZ DE LA SERNA

ROBYN DAVIDSON • ROGER ANDREW CARAS • ROBERT MORLEY • ZENDAVESTA

RUDYARD KIPLING • SAMUEL BUTLER • SHIRLEY TEMPLE • SIR WALTER SCOTT

SIGMUND FREUD • STANLEY COREN • ST. BERNHARD VON CLAIRVAUX

THORNTON WILDER • THOMAS MANN • THOMAS MC GUANE • THOMAS CRANMER

VOLTAIRE • WINSTON CHURCHILL • KURT TUCHOLSKY • WILL ROGERS

Für Nessi

Dank

Die abgebildeten Hunde

SHARI

LINES

ELLA

STEELIE

SEMMEL

NESQUIK

RAIMOND

VANILLA

SAMMI

KJELL

AMELIE

HERR MEIER

SNOW

JUMBO

QUINY

KÜMMEL

BIG PACK

RUSTY

CORNFLAKE

PFIFFERLING

TRINE

KERBI

CHRISTMAS

Ein Mann, der einem Hund hinterherläuft, ist nicht halb so
lächerlich wie ein Mann, der einer Frau hinterherläuft.

Erkenne dich selbst! Nimm die Bewunderung, die dir
dein Hund entgegenbringt, nicht als Beweis dafür,
dass du ein großartiger Mensch bist.

Wer nie einen Hund gehabt hat, weiß nicht, was Lieben
und Geliebtwerden heißt.

Der Mensch ist das einzige Lebewesen, das Geschäfte macht.
Kein Hund tauscht einen Knochen mit einem anderen.

Ein dankbarer Hund ist mehr wert
als ein undankbarer Mensch.

Woran sollte man sich von der endlosen Verstellung,
Falschheit und Heimtücke der Menschheit erholen,
wenn die Hunde nicht wären, in deren ehrliches Gesicht
man ohne Misstrauen schauen kann?

ARTHUR SCHOPENHAUER, PARERGA UND PARALIPOMENA

Wundern darf es mich nicht,
dass manche die Hunde verleumden;
denn es beschämt zu oft leider den Menschen
der Hund.

ARTHUR SCHOPENHAUER, ANTISTROPHE

Die Definition von Kampfhund lautet:
Dies ist jeder Hund, dessen Intelligenzquotient höher ist
als der seines Halters.

ARMIN FIETZ

Eine Art zusätzliche oder ersatzweise Gottheit,
die dazu dient, den überbordenden und
überschüssigen Hang zur Verehrung
in der Welt aufzufangen.

AMBROSE GWINNETT BIERCE, AUS DES TEUFELS WÖRTERBUCH

Amelie schaut interessiert

Ich verabscheue Leute, die Hunde halten.
Es sind Feiglinge, die nicht genug Schneid haben,
selbst zu beißen.
AUGUST STRINDBERG

Wenn die Gebete eines Hundes erhört würden,
regnete es Knochen vom Himmel.
SPRICHWORT

Je besser ich die Männer kenne,
desto lieber mag ich Hunde.
ANNE LOUISE GERMAIN DE STAEL

Amerika ist wie ein viel zu großer Hund
in einem zu kleinen Zimmer.
Wann immer er mit dem Schwanz wedelt,
fallen die Stühle um.
ARNOLD JOSEPH TOYNBEE

Der Hund ist klüger als die Frau, er bellt seinen Herrn nicht an.
RUSSISCHES SPRICHWORT

Herr Meier mit erhabenem Blick

Eine Welt, worin ein Hund auch nur ein einziges Mal Prügel
bekommen kann, ohne sie verdient zu haben,
kann keine vollkommene Welt sein!

CHRISTIAN FRIEDRICH HEBBEL

Ich will aufhören, an Gott zu glauben, wenn ich sehe,
daß ein Baum ein Gedicht macht und
ein Hund eine Madonna malt.

CHRISTIAN FRIEDRICH HEBBEL

Die Hunde sind die einzigen Wesen, die bereit sind,
uns über den Ruf der Pflicht hinaus zu dienen.

C. W. MEISTERFELD

Der Grund, weshalb ein Hund so viele Freunde hat, liegt darin,
dass er mit dem Schwanz wedelt und nicht mit der Zunge.

UNBEKANNT

Durch den Verstand des Hundes besteht die Welt.

ZENDAVESTA, Heilige Schrift der Parsen, eine der ältesten und wichtigsten
Religionsurkunden der Menschheit

Snow runzelt die Stirn

Metaphorisch gesprochen ist die Grenze,
die den Menschen vom Hund trennt, nicht starr und einfach,
sondern fließend und komplex.

CAROLE BAKER

Ein Leben ohne Hund ist ein Irrtum.

CARL ZUCKMAYER

Niemand weiß deine geistreiche Konversation
besser zu würdigen als dein Hund.

CHRISTOPHER MORLEY

Ein schwanzloser Hund kann nicht zeigen, dass er sich freut.

ALBANISCHES SPRICHWORT

Es lässt sich kaum bezweifeln, dass die Liebe zum Menschen
beim Hund zu einem Instinkt geworden ist.

CHARLES DARWIN (DER URSPRUNG DER ARTEN)

Pfifferling ganz wichtig

Wenn man einem Hund etwas noch so albernes sagt, wird er
einen trotzdem mit diesem Blick ansehen, der etwa sagt:
„Himmel, du hast ja so recht! Darauf wäre ich nie gekommen!"

DAVE BARRY

Es ist klüger und gesünder, von einem Hund zu lernen,
als persönlich und beruflich vor die Hunde zu gehen!

DR. I. THANEL

Für den Menschen bedeutet Freiheit,
dass er nichts zu verlieren hat;
für einen Hund ist sie
das Synonym für Verzweiflung.

UNBEKANNT

"Ich will den Himmel nicht betreten, wenn dieser Hund nicht
mit mir kommt", sagte König Yudhistiras. Indra, der Gott
sprach: "Heute noch wirst du Unsterblichkeit, Erlösung und
unvergängliche Glückseligkeit gewinnen. Du begehst keine
Sünde, wenn du diesen unreinen Hund zurückläßt."
"Nein", beharrte Yudhistiras, "nicht für alle Schätze des
Himmels will ich diesen Hund im Stiche lassen, der meinen
Schutz gesucht hat mir treu ergeben war."

MAHABHARATA, INDISCHES NATIONALEPOS

Jumbo schielt um die Ecke

Alle beide, Hund und Katze, sind reich an Talenten,
doch der Hund hat ein Talent zu viel:
Er lässt sich dressieren!
Und er hat eines zu wenig:
Er ist ein Tier ohne Geheimnisse!

Menschen halten Hunde – und sich für klug.

Viele Hunde führen heutzutage ein Hundeleben
statt das Leben eines Hundes.

Wer seinen Hund liebt, muss auch seine Flöhe in Kauf nehmen.

Ein Hund der seine Freiheit hat, zeigt an einem einzigen Tag
mehr von seinen Gedanken, als ein dressierter Hund
in einem ganzen Leben.

Quiny entspannt

Wie oft in der Gesellschaft, die sich für so recht gebildet
und interessant hielt, bei all dem Gerede und Feintun,
seufzte ich innerlich: "Wenn doch nur ein Hund da wäre!"
FRIEDRICH THEODOR VISCHER

Lass den Hund bellen, singen kann er nicht.
FRIEDRICH VON SCHILLER

Einen Hund kann man sich halten,
aber mit Katzen ist es anders.
Die Katze hält sich ihre Leute,
denn für sie sind die Menschen nützliche Haustiere.
Ein Hund tut uns schön,
aber der Katze müssen wir schöntun.
Der Hund ist ein Angestellter, die Katze ein freier Mitarbeiter.
GEORGE MIKES

Um rauszukriegen, was meinem Hund manchmal so im Kopf
rumgeht, muß ich ganz schön nachdenken.
UNBEKANNT

Kümmel verspielt

Ich glaube, wir fühlen uns zu den Hunden hingezogen,
weil sie die ungehemmten Wesen sind, die wir sein könnten,
wenn wir nicht sicher wären, es besser zu wissen.

Außer dem Hund ist ein Buch der beste Freund des Menschen.
Im Hund ist es zu dunkel zum Lesen.

Sogar aus Hunden läßt sich etwas machen,
wenn man sie recht erzieht.
Man muss sie nur nicht mit vernünftigen Leuten,
sondern mit Kindern umgehen lassen.
So werden sie menschlich.

Vor ewigen Zeiten fristeten die Hunde ein kärgliches Dasein,
schlecht ernährt, ungeliebt und misshandelt.
Da taten sie sich zusammen und schrieben einen Brief an Gott.
Sie wählten einen der ihren als Überbringer,
dem sie den Brief unter den Schwanz ins Hinterteil schoben,
damit er ihn nicht beim Fressen oder Bellen verlor, denn die
Reise würde lang und beschwerlich werden. Es folgten viele
Hundegenerationen, und die Hunde warten immer noch.
Deshalb beschnüffeln sie sich – sie suchen nach Gottes Antwort!

Big Pack blinkt rechts

Dem Hund, dem man einen Maulkorb umhängt,
bellt mit dem Hintern.

HEINRICH HEINE

Ein Hund, der bellt, ist mehr wert, als ein Mensch, der lügt.

HENRY DE MONTHERLANT

Der Hund wurde vor allem für Kinder erschaffen.
Er ist der Gott der Ausgelassenheit.

HENRY WARD BEECHER

Das Leben mit einem Hund ist einfach –
wie das Leben mit einem Idealisten.

HENRY LOUIS MENCKEN

Wenn man einen Hund so dressiert hat,
daß er über einen See fliegen kann,
gibt es sicher ein paar Neider,
die das Tier für wasserscheu halten.

UNBEKANNT

Kerbi fühlt sich gestört

Der Hund ist das einzige Wesen auf Erden,
das dich mehr liebt als sich selbst.

Ein erfolgsgewohnter Mensch wird als 'Top Dog' bezeichnet;
wer behindert oder unterprivilegiert ist, gehört zur
Kaste der 'Underdogs'.
Menschen mit tragischem Schicksal führen ein Hundeleben
in einer hundsgemeinen Welt.
Sie leiden an den Hundstagen im August, und wenn sie
unfähig sind, klare Prioritäten zu setzen oder eine Tätigkeit
nach der althergebrachten, bewährten Methode zu verrichten,
sagt man: Da wedelt der Schwanz mit dem Hund.
Wer mehr anhäuft, als er selbst verwenden kann,
benimmt sich so gierig wie ein Hund am Futternapf.
Ein schlechtes Gedicht ist hundsmiserabel und wenn jemand
ein bekümmertes Gesicht macht, erinnert er an
einen geprügelten Hund.
Das Beste, was wir über einen tüchtigen, aber unkreativen
Arbeitnehmer sagen können, ist, dass er zäh sei wie ein Hund.

JOEL SAVISHINSKY, *Zwiespältigkeit in den Sprachgewohnheiten*

Ein Hund an der Leine fängt nie einen Hasen.

BULGARISCHES SPRICHWORT

Herr Meier träumt vom Schnee

Hunde lieben Gesellschaft, Sie steht an erster Stelle
auf der kurzen Liste ihrer Bedürfnisse.

J. R. ACKERLEY

Hunde sind Wahrheitssuchende. Sie versuchen dem
unsichtbaren, authentischen Kern eines anderen Lebewesens
auf den Grund zu gehen.

JEFFREY M. MASSON, HUNDE LÜGEN NICHT

Dem Hunde, wenn er gut erzogen,
wird selbst ein weiser Mann gewogen.

JOHANN WOLFGANG VON GOETHE, FAUST (WAGNER)

Es schreibt keiner wie ein Gott,
der nicht gelitten hat wie ein Hund.

UNBEKANNT

Rettet die Hunde! Kauft keine Pudelmützen.

UNBEKANNT

Der Hund der herumläuft, findet den Knochen.

ZIGEUNERWEISHEIT

Rusty die graue Eminenz

Auch der größte Hund war einmal ein Welpe.

Hunde spiegeln meist die Gemütsverfassung ihrer Umgebung
wider. Wenn ein Hund herumtollt und vergnügt mit dem
Schweife wedelt, sind bei seinem Herrn meist die gleichen
Anzeichen festzustellen.

Gebt mir Winter und gebt mir Hunde,
den Rest könnt ihr behalten.

Ohne Hund fängt man keinen Hasen.

Irgendwann stellt sich jedem die Frage, Hund oder Partner.
Willst du dir den Teppich versauen lassen
oder das ganze Leben.

Shari wunderschön

Im Leben der beste Freund, beim Begrüßen der Erste,
beim Verteidigen der Eifrigste, sein treues Herz gehört ganz
seinem Herrn, er schuftet, kämpft, lebt und atmet nur für ihn.

LORD BYRON

Der nobelste aller Hunde ist der Hot Dog:
Er nährt die Hand, die ihn isst.

LAURENCE J. PETER

Mürrische Leute haben mürrische Hunde,
gefährliche Leute haben gefährliche.

MARC AUREL

Wenn Hunde sprechen könnten, fänden wir es vielleicht
genauso schwer, mit ihnen auszukommen
wie mit anderen Leuten.

KAREL CAPEK

Ein Hund, der mit guten Menschen reist,
wird ein vernünftiges Wesen.

ARABISCHES SPRICHWORT

Herr Meier flirtet mit der Fotografin

Nach manchem Gespräch mit einem Menschen
hat man das Verlangen, einen Hund zu streicheln,
einem Affen zuzunicken oder vor einem Elefanten
den Hut zu ziehen.

MAXIM GORKI

Die Liebe zwischen Hund und Mensch ist das letzte Idyll,
kein Hund wurde je aus dem Paradies vertrieben.

MILIAN KUNDERA

Behandelt eure Hunde nie wie Menschen,
sonst behandeln sie euch wie Hunde.

MARTHA SCOTT

Wenn du jedes Mal stehen bleibst, wenn ein Hund bellt, wirst
du deine Reise nie beenden.

ARABISCHES SPRICHWORT

Jeder treibt, was er kann,
die Hunde bellen, die Wölfe heulen,
und die Mönche lügen.

G. TENZLER (1987): Katzen-, Hunde- und Pferdesprüche

Kjell ist aufmerksam

Gehen dem Menschen Hühner und Hunde verloren,
so weiß er, wo er sie suchen soll.
Geht ihm sein Herz verloren,
so weiß er nicht, wo er es suchen soll.

MENG-TZU

Dem Hunde eigen ist eine so treue Wachsamkeit, eine so
liebevolle Verehrung seines Herren, so wilder Haß
gegen Fremde, eine so unglaubliche Schärfe
beim Aufspüren, so große Raschheit beim Jagen,
dass dadurch auf das Deutlichste zu erkennen ist,
dass diese Tiere zum Nutzen der Menschen geschaffen wurden.

MARCUS TULLIUS CICERO, 106 – 43 v. Chr.

Soweit die Annalen der Menschheit reichen, ist der Hund
an unserer Seite wie jetzt. Wir brauchen weder sein Vertrauen
noch seine Freundschaft zu erwerben.
Er wird als unser Freund geboren und glaubt schon an uns,
wenn seine Augen noch geschlossen sind.

MAURICE MAETERLINCK

Schweinefleischer und Hundeschlächter
erwartet kein gutes Ende.

CHINESISCHES SPRICHWORT

Ein Hund ist einer der wenigen letzten Gründe, mit denen man
manche Menschen zu einem Spaziergang überreden kann.

O. A. BATTISTA

Snow mit sanften Mandelaugen

Ich habe große Achtung vor der Menschenkenntnis meines
Hundes, er ist schneller und gründlicher als ich.

OTTO VON BISMARCK

Ein Spaziergang in der Dämmerung ist für Menschen fade,
verglichen mit dem was ein Hund erlebt: Kaninchen; Maus;
des Nachbars Hund; der rot-weiße Kater; Karamell; toter Vogel;
Regenwurm; Pizzaverpackung; der Hund von Nr. 7;
unbekannte Katze; Frosch ...

P. BROWN

Wenn man die Buchstaben des Wortes `DOG´ herumdreht,
was bekommt man dann?

PAUL AUSTER

Sammi schaut über den Zaun

Hunde sind nicht unser ganzes Leben, aber durch sie
wird unser Leben erst vollständig.
ROGER ANDREW CARAS

Der liebe Gott in seiner unendlichen Weisheit
gab uns drei Dinge, um das Leben erträglich zu machen:
Hoffnung, Humor und Hunde,
das Wichtigste aber waren die Hunde.
ROBYN DAVIDSON

Die meisten Hundebesitzer sind auf lange Sicht in der Lage,
sich selbst dazu zu erziehen, dem Hund zu gehorchen.
ROBERT MORLEY

Kauf einen jungen Hund, und du wirst für dein Geld
wild entschlossene Liebe bekommen.
RUDYARD KIPLING

Faule Schäfer haben gute Hunde.
DEUTSCHES SPRICHWORT

Vanilla hat die schönste Nase

Wenn Hunde etwas wissen, denken sie meist nicht
über Alternativen nach.

Ich habe des Öfteren darüber nachgedacht, warum Hunde ein
derart kurzes Leben haben, und bin zu dem Entschluss
gekommen, dass dies aus Mitleid mit der menschlichen Rasse
geschieht; denn da wir bereits derart leiden, wenn wir
einen Hund nach zehn oder zwölf Jahren verlieren,
wie groß wäre der Schmerz, wenn sie doppelt so lange lebten?

Wenn Du mich lieben willst, so liebe meinen Hund.

Ich sehe mich auf einer Stufe mit Rin Tin Tin.
Nach einer Depression sehnten sich die Menschen vielleicht
nach etwas, das sie aufmunterte.
Sie schlossen einen Hund in ihr Herz
und ein kleines Mädchen.

Raimond schmollt

Viele, die ihr ganzes Leben auf die Liebe verwendeten, können
uns weniger über sie sagen als ein Kind, das gestern
seinen Hund verloren hat.

THORNTON WILDER

Ein außergewöhnliches Wesen!
Ein so guter Freund und doch so verschieden.

THOMAS MANN

Ohne Hunde zu leben, hieße für mich,
eine Form der Blindheit zu akzeptieren.

THOMAS MC GUANE

Hunde bellen ohne Ursache den Mond an.

THOMAS CRANMER, 1489 - 1556

Schlafende Hunde soll man nicht wecken.

DEUTSCHES SPRICHWORT

Jumbo ist sehr zornig

Hunde sehen zu uns herauf. Katzen sehen auf uns herab.
Schweine sehen uns als ebenbürtig an.

Man kann keinen Menschen verdammen, weil er einen Hund
besitzt. Solange er einen Hund hat, hat er einen Freund;
Und je ärmer er wird, desto enger wird seine Freundschaft.

Dem bösen Hund eine kurze Leine.

Ein Hund ist ein Hund, welche Farbe er auch hat.

Raimond im Spiel vertieft

Die Wahrheit ist, dass der Hund den Menschen nicht
ausstehen kann und ihm nur aus Existenzgründen
eine gewisse Anhänglichkeit bewahrt. Etwa auf der Basis:
eine halbe Stunde Schwanzwedeln pro Tag
gegen eine auskömmliche Versorgung fürs ganze Leben.

EPHRAIM KISHON

Je mehr ich von den Menschen sehe,
um so lieber habe ich meinen Hund.

FRIEDRICH DER GROSSE

Ein Hund ist der einzige Freund, den man sich
für Geld kaufen kann.

FRITZ HERDI

Wenn der alte Hund zu bellen beginnt,
sollte man sich in acht nehmen.

LATEINISCHES SPRICHWORT

Kjell mit Verführerblick

Die Liebe ist eine merkwürdige Sache.
Nur um der Liebe willen hat der Hund
Seine wunderbare Freiheit aufgegeben und
ist zum Diener des Menschen geworden.

DAVID HERBERT LAWRENCE

Zu Hause ist jeder Hund ein Löwe.

H. G. BOHN

Wenn du in Washington einen Freund haben willst,
musst du dir einen Hund zulegen.

HARRY SPENCER TRUMAN

Nach einem Jahr gleicht der Hund seinem Herrn.

SPANISCHES SPRICHWORT

Treue eines Hundes ist ein kostbares Geschenk, das nicht
minder bindende moralische Verpflichtungen auferlegt, als
die Freundschaft eines Menschen.

KONRAD LORENZ

Kümmel fühlt sich ertappt

Ein gewöhnlicher Verstand ist wie ein schlechter Jagdhund, der
die Fährte eines Gedankens schnell annimmt
und schnell wieder verliert.
HUGO VON HOFFMANNSTHAL

Besserungsanstalt für Hunde - in China heißt das: Kochtopf!
HARALD SCHMIDT aus der Harald Schmidt Show

Der Hund ist oft schlauer als sein Herr.
SPRICHWORT

Man muß sich einmal ein paar Tage mit einem Erdferkel oder
einem Lama befaßt oder versucht haben, einem Wasserbüffel
das Männchen- oder Bitte-Bitte-Machen beizubringen oder
einen Elch stubenrein zu kriegen, um richtig zu würdigen,
was für einen guten Griff der Mensch mit dem Hund getan hat.
JAMES GROVER THURBER

Nesquik aus dem All

Er ist höchst unklug, der Hund. Er fragt nie, ob du im Recht bist
oder im Unrecht, kümmert sich nicht darum, ob du im Leben
gerade auf dem aufsteigenden oder absteigenden Ast bist, fragt
nicht, ob du reich bist oder arm, dumm klug, Sünder oder
Heiliger. Du bist sein Kumpel. Das genügt ihm, und was immer
das Leben bringen mag, Glück oder Unglück, hohes oder
geringes Ansehen, Ehre oder Schande, er bleibt an deiner Seite,
tröstet dich, passt auf dich auf, gibt sein Leben für dich, wenn
es sein muss - törichter, dummer, seelenloser Hund!

JEROME K. JEROME

Schätze den Hund nicht nach den Haaren,
sondern nach den Zähnen.

JOHANN GOTTFRIED VON HERDER

Mit einem kurzen Schweifwedeln kann ein Hund mehr Gefühle
ausdrücken, als mancher Mensch mit stundenlangem Gerede.

LOUIS "SATCHMO" ARMSTRONG

In einer Hundehütte ist schlecht Kuchen aufbewahren.

CHINESISCHES SPRICHWORT

Semmel lässt nicht locker

Ich habe drei Haustiere, die dieselbe Funktion erfüllen
wie ein Ehemann: einen Hund, der jeden Morgen knurrt,
einen Papagei, der den ganzen Nachmittag lang flucht,
und eine Katze, die nachts spät nach Hause kommt.

MARIE CORELLI

Freude an einem Hund haben sie erst, wenn sie nicht
versuchen, aus ihm einen halben Menschen zu machen. Ziehen
sie statt dessen doch einmal die Möglichkeit in Betracht, selbst
zu einem halben Hund zu werden.

EDWARD HOAGLAND

Der faule Hund bellt seine Flöhe an, der auf der Jagd dagegen
spürt sie nicht.

CHINESISCHES SPRICHWORT

Die menschlichen Vorurteile sind wie jene bissigen Hunde, die
nur Furchtsame angreifen.

ISOLDE KURZ

Steelie und Raimond beobachten

Wie die Hausfrau, die die Stube gescheuert hat, Sorge trägt,
dass die Tür zu ist, damit ja nicht der Hund hereinkomme und
das getane Werk durch die Spuren seiner Pfoten entstelle, also
wachen die europäischen Denker darüber, dass ihnen keine
Tiere in der Ethik herumlaufen.

ALBERT SCHWEITZER

Der Hund ist um sein Gemüt zu beneiden.
Er erinnert sich an die schönen Dinge im Leben
und vergisst sehr schnell die unangenehmen.

BARBARA WOODHOUSE

Einen Schriftsteller zu fragen, was er von Kritikern hält, ist
als ob man von einem Laternenpfahl wissen wollte,
wie er zu Hunden steht.

CHRISTOPHER HAMPTON

Dass Hunde Menschen beißen, ist nicht neu;
dass Menschen Hunde beißen schon.

CHARLES ANDERSON DANA

Freund ist der Name eines Hundes.

JAPANISCHES SPRICHWORT

Ella zu jedem Streich bereit

Als Hund eine Katastrophe, als Mensch unersetzlich.

JOHANNES RAU

Wenn ich irgendwelchen Glauben über die Unsterblichkeit
habe, ist es jener bestimmter Hunde, die ich gekannt habe.
Diese werden in den Himmel kommen, zusammen mit sehr,
sehr wenigen Personen.

JAMES GROVER THURBER

Der Mensch versteht aus gutem Grund am besten sich
mit seinem Hund vor allem seiner Meinung wegen:
Der Hund sagt nämlich nichts dagegen.

KARL-HEINZ SÖHLER

Wer mich liebt, liebt auch meinen Hund.

ENGLISCHES SPRICHWORT

Ein Hund verlangt mehr nach Zuneigung
als nach Futter. – Nun ja, fast ...

CHARLOTTE GRAY

Herr Meier in hochmütiger Pose

Den guten Bissen, den du ihm gegeben,
vergißt der Hund dir nicht im ganzen Leben
und wirfst du ihn auch hundertmal mit Steinen.
Doch hast du einem gemeinen Menschen dein Leben lang
nur Gutes angetan, beim ersten Anlaß
fällt der Kerl dich an.

Was dem Hund am meisten Verachtung einträgt, ist –
und das weiß er auch -, dass er sich den Kopf
mit der Hinterpfote kratzt.

Mit einem Hund sterben auch seine Flöhe ...

Wenn der Herr am Knochen nagt,
was wird er seinem Hund geben?

Lines blinkt rechts

Ohne den Hund käme der Mensch auf den Hund.
ERNST ELITZ

Hunde haben alle guten Eigenschaften der Menschen, ohne
gleichzeitig ihre Fehler zu besitzen.
FRIEDRICH DER GROSSE

Die Augen erhoben, suchend in des Herrn Blick,
der Trost, die Hilfe und des Menschen Glück,
des Reichen Wächter und des Armen Freund in Not, das
einz`ge Wesen treu bis in den Tod.
GEORGE CRABBE

Als der Hund einen Wolf verfolgte, brüstete er sich mit seiner
Schnelligkeit und Stärke und bildete sich ein, der Wolf nehme
von ihm Reißaus, weil er sich selbst schwach fühle.
Da drehte sich dieser um und sagte: "Nicht dich fürchte ich,
sondern deinen Herrn, der hinter dir kommt!"
ÄSOP; GRIECHISCHER FABELDICHTER; MITTE DES 6. JAHRHUNDERTS V. CHR.

Ein kluger Hund bellt nie ohne Grund.
FRANZÖSISCHES SPRICHWORT

Cornflake bringt nichts aus der Ruhe

Ohne einen Hund zu leben ist schlimmer
als ohne Lieder zu leben.

Warum hat Präsident Clinton wohl ausgerechnet seinen Hund
"meinen besten Freund" genannt?

Ich kannte einen Hund, der war so groß wie ein Mann, so
arglos wie ein Kind und so weise wie ein Greis.
Er schien so viel Zeit zu haben, wie in ein Menschenleben nicht
geht. Wenn er sich sonnte und einen dabei ansah, war es,
als wollte er sagen: Was eilt ihr so? Und er hätte es gewiß
gesagt, wenn man nur gewartet hätte.

Es gibt keine Treue, die nicht gebrochen worden wäre, außer
der eines wahrhaft treuen Hundes.

Die beste Sache an einem Menschen ist sein Hund.

Herr Meier sentimental

Man muss die Hunde bellen lassen; wer`s ihnen aber
wehren will, der muss manchmal eine ganze Nacht
ungeschlafen liegen.

" ... Fröhlich, fröhlich, fröhlich wie die Hunde
glücklich sein können, einfach so,
mit der Unumschränktheit unverschämter Natur.
Kein Adieu für meinen Hund, der gestorben ist.
Zwischen uns gibt es und gab's keine Lüge ..."

Der Hund braucht sein Hundeleben. Er will zwar keine
Flöhe haben, aber die Möglichkeit sie zu bekommen.

Nur ein dummer Hund jagt einem fliegenden Vogel nach.

Trine die stolze Norwegerin

Das Schöne an einem Hund ist, dass man sich mit ihm zum
Narren machen kann und dass er einen nicht nur nicht
ausschimpft, sondern sich selbst ebenfalls zum Narren macht.

SAMUEL BUTLER

Eines Hundes Treue währt ein ganzes Leben lang, die einer
Frau bis zur ersten Gelegenheit.

SPANISCHES SPRICHWORT

Hunde lieben ihre Freunde und beißen ihre Feinde.
Im Gegensatz zu Menschen, die unfähig sind,
reine Liebe zu empfinden, und in ihre Objektbeziehungen
stets eine Mischung aus Liebe und Hass einbringen müssen.

SIGMUND FREUD

Wenn du issest, gib auch den Hunden zu essen,
selbst wenn sie dich beißen.

VOLTAIRE, ZADIG

Niemand hat das Recht, aus Gedankenfaulheit
Tier und Mensch so zu peinigen, wie der es tut,
der nicht mit Hunden umzugehen versteht.
Also die Mehrzahl derer, die einen Hund besitzt.

KURT TUCHOLSKY

Christmas ist müde

Thomas Hoffmann

Blaue Augen und die Sehnsucht nach Schnee

Ein berührender Erlebnisbericht über die Teilnahme an einem der längsten und härtesten Schlittenhunderennen der Welt.

Auf der Leipziger Buchmesse ausgezeichnet mit dem **BoD AutorenAward 2003**

ISBN 3-8311-3994-6
Euro 18,50

Thomas Hoffmann

Hundepfoten Zitate
Band 2

150 Zitate – Sprüche – Weisheiten Schlaues, Besinnliches und Amüsantes von Zweibeinern und Vierbeinern

Mit Bildern der Fotografin Margrit Kierst

ISBN 3-8334-1077-9
Euro 11,50

Erhältlich im Buchhandel oder unter www.hoffmann-kennel.de

Hundepfoten Kalender, Postkarten, Originalbilder und vieles mehr, finden Sie im Internet unter: www.margrit-kierst.de